Das Hüpfenlassen eines Minigolfballs in der Armbeuge

Patrick Aigner

Das Hüpfenlassen eines Minigolfballs in der Armbeuge

Bibliografische Information der Deutschen National-bibliothek:
Die Deutsche Nationalbibliothek verzeichnet diese Publikation in der Deutschen Nationalbibliografie; detaillierte bibliografische Daten sind im Internet über http://dnb.dnb.de abrufbar.

© *2014* **Patrick Aigner**

Covergestaltung:: **Maren Roloff**
Coverfoto: **Maren Roloff**

Herstellung und Verlag: BoD – Books on Demand, Norderstedt

ISBN: 978-3-7347-4002-2

Patrick Aigner 2014

1.
Die hatten geschrieben, dass das jetzt die letzte Mahnung wäre. Haben die eine Ahnung. Naja, mal sehen, vielleicht vergessen sie es doch ganz.

Sicher, ganz, ganz sicher...

Hier gibt es Kaffee, bis um eins umsonst. Mittag um eins. Mir ist es gleich. Zahle immer irgendetwas. Außer wenn ich sitzen bleibe. Gehe über. Erst zum Bier, dann zum Jägermeister. Beziehungsweise beim Fehlen desselbigen zum Ramazotti. Vier bis fünf Stunden später, kurz vor dem nach Hause Gehen noch eine Pizza hierher bestellen. Dann geht nichts mehr. Kein Bier. Höchstens noch ein letzter Jäger.

Besser sind die Tage ohne abschließende Pizza. „Besser" und „gefährlicher" bedeuten in diesem Fall dasselbe. Und dann gibt es noch die Tage, an denen es von hier aus in die Stadt geht. Hier ist Vorstadt. Ehemalige Vorstadt. Allein das Wort ist schon Bedrohung.

„Bedrohung" und „Zu-Hause-Sein" bedeuten in diesem Fall dasselbe. Das muss verstanden werden. Es gibt einen Grenzstreifen zwischen Stadt und Vorstadt. In diesem Fall hier heißt dieser Grenzstreifen Kanonenweg. In Coburg erklärt sich, für den, der gut zuhört, vieles von selbst.

Und Erklärungen wären nötig. Erklärungen wären für den nötig gewesen, der hier Freitag vor einer Woche mit blutender Fresse raus ging. Keine Polizei. Hier ist Vorstadt. Man hätte es ihm erklären sollen. Aber er hat erklärt. Mit blutiger Fresse nicht mehr. Mir tut das alles nicht leid. Okay, ich habe ganz kurz mal weggeschaut. Ein Reflex aus vergangenen Tagen, dieses Wegschauen. Er hatte so schön erklärt. Ich hätte ihm am liebsten eine aufs Maul gegeben. Aber ich tat es nicht. Es tat ein anderer. Es ist immer ein anderer. Gott sei es gedankt. Vielleicht. So sicher bin ich mir auch da nicht mehr.

2.

Das Verhältnis zwischen Vorstadt und der eigentlichen Stadt, der Innenstadt, ist das gleiche wie zwischen Wichsen und Ficken. Erst wenn alles längst zu spät ist, weißt du, dass das Erstere doch die bessere Wahl gewesen wäre. Nicht prinzipiell, aber heute. Immer gerade heute. Ja, es ist besser über das Auf-die-Fresse-Hauen zu schreiben, als es selbst tun zu müssen.

Bin jetzt also ein Schreib-Wichser geworden. Besseres kenne ich nicht. Fand ich nicht.

Hier in der Kneipe gibt es für den Schreib-Wichser keinen Bonus. Nicht mal einen Gleichstand. Aber hier gibt es für niemanden einen Gleichstand. Ein Weltverbesserer und Sozialromantiker könnte sich aus diesem Umstand eine schöne Wichsvorlage basteln, bevor er mit zerschlagener Fresse vor der Kneipentür in seinen Hosentaschen völlig sinnlos nach Geld fürs Taxi fahndet. Völlig sinnlos, weil er die Kneipe ja nochmal betreten müsste.

Nein, hier hat niemand einen Bonus. Bestenfalls durch Anwesenheit. Und der erste Preis ist das heutige Davongekommen-Sein. Wenn es denn so ist.

3.
Aber noch ist Morgen. Das heißt, hier herrscht Frieden. Nicht so ein beknackt menschenunwürdiger Frieden, wie er in der Moriz-Kirche zu finden ist. Die hat jetzt offen. Da könnte ich auch sitzen. Mache das manchmal. Manchmal mache ich alles. Vor allem... nicht mit. Nicht mitzumachen, ohne drüberzustehen, ist des Autors erste Pflicht. Die Zweite ist mitzumachen und dabei drüberzustehen. Und die Dritte ist Trinken. Okay die Erste ist Trinken. Und die Zweite ist: Spring aus dem Fenster. Und die Dritte: Schieb es noch auf und schreib.

4.
Coburg ist ohne Hitler nicht denkbar. Nein. Was Coburg ist, ist ohne Hitler nicht denkbar. Coburg ist eben nicht eine Stadt wie jede andere. Coburg ist extrem. Macht extrem. In den Hinterzimmern. In den Chefetagen. Hinter vorgehaltener Hand. Am Heiligabend gegen Mitternacht. Als wäre eine vorgehaltene Hand hier nötig. Nötig in einer Stadt, in der alles bereit ist. Nötig in einer Stadt, in der jeder weiß, dass das ab Fünfundvierzig bis heute nur ein Zwischenspiel war. Nicht die Wahrheit ist. Weil es sich nicht nach Wahrheit anfühlt. Nicht danach anfühlen kann. Nicht in Coburg. Nicht in einer Stadt, in der, wie in keiner

anderen, der Virus Hitlers in jeder Mauerritze sitzt. Sitzt und springt auf alles Neugebaute und Neugeborene über. In Coburg ist der Virus nicht unter der Oberfläche, in Coburg wird, ähnlich weißem Sand, Oberfläche über ein auf immer zu gewaltiges Viren-Feld geträufelt.

Und um das Kraut gar fett zu machen, hat Coburg den Coburger Convent.

Jedes Pfingsten tagt hier der CC. Das freut die Händler und die Gaststättenbesitzer der Innenstadt. Macht aber auch irgendwie, seltsam schräg, ein Bekenntnis nötig. Zumindest am Biertisch. Zumindest am Abendbrottisch, sich selbst, und – vor den Augen der immer nur „wirtschaftlich" denken und fühlen könnenden Frau – dem kurz vor dem Abitur stehenden Sohn gegenüber. Es könnte wichtig sein, da etwas zu verstehen. Wichtig für den, der sich der Vestestadt nähern will. Zu erahnen, wie dieses Bekenntnis, einmal gegeben, von vielen gegeben, sich auswirkt. Auswirken muss in einer Stadt, der der Ehrentitel „Erste nationalsozialistische Stadt Deutschlands" zueigen war.

Vielleicht wäre es besser, diesen Titel wieder offiziell zu tragen. Vielleicht würde das diesem Spuk ein Ende machen. Vielleicht, so dachte ich früher, sollte man aus Coburg eine Art Disneyland des Nationalsozialismus machen.

Heute weiß ich, dass auch das nicht helfen würde. Coburg ist zu böse. Böse aus der Tiefe. Zu ernsthaft diese Kräfte. Durch alles Ironisieren hindurch steigt dieser braune Nebel auf. Unausweichlich. Immer nur in Schach zu halten, nie zu besiegen.

Und es muss schon Nietzsche durch die Kneipe gehen, damit ich mich trauen kann, das hier niederzuschreiben. Es wie für die Ewigkeit in diese Seiten einzumeißeln. Es für alle Zeit gesagt zu haben, auf was dieser braune, böse Nebel in Coburg trifft. Er trifft auf das Schlecht-Sein der Frau. Eine abscheulich fruchtbare Verbindung entstand und entsteht. Nicht veraltbar, jedoch vererblich und sich aus sich selbst erneuernd.

Wieviel an Kraft ein junger Mann nötig hätte, dem sich daraus ergebenden Scheiß-Spiel zu entziehen, ist für Ortsfremde kaum vorstellbar. Ein Mann, der das Pech hatte, nicht durch ein Studium oder anderweitig bedingtem Ortswechsel dem allen hier zu entgehen. Ein junger Mann, der im Handwerk oder im Büro sein Auskommen sucht. Suchen muss.

Und ja, ich höre den feinen Chor der als Mensch Überlebt-Habenden singen. Und ja, es stimmt auch. Die, die hier stark werden, werden auch stark. Richtig stark! Doch der Opfer sind viele. Und die Zahl von Derkums Küchen ist in den letzten dreißig Jahren am Schwinden, von Mackes Kellern gleich ganz zu schweigen. Und ohne sie ist es nicht zu schaffen. Kaum zu schaffen. Wüsste nicht wie.

Wollte Brecht sein Lied einer deutschen Mutter auf Coburger Verhältnisse übertragen, er würde ausgelacht werden. Eine Coburger Mutter kann mit dem ruhigsten Gewissen der Welt Stiefel und braune Hemden verschenken, obwohl sie weiß, was sie heute weiß. Und wissen tut sie auch, wer aufgehängt gehört. Und das ist sicher nicht sie. Für sie jedenfalls – nicht.

Auch wenn Tucholskys brennende Lampe hier scheinbar nur flackert, in Coburg hat kein Beckmann je seinem Oberst die Verantwortung zurückgebracht.

5.
Manchmal sitze ich hier und träume mich in eine Zeit zurück, in eine Welt, die ich nie wirklich betreten habe. Die Zeit der Beatles und der Stones. Mitte, Ende der Sechziger. Wie das wohl hier war? Anfang der Siebziger?

Gab es da wirklich zwei Welten? Die Welt der alten Trinker und die Welt der damals jungen? Wie klar ist es mir eigentlich, dass das nicht wirklich rauszukriegen ist?

Vielleicht waren das auch damals Tage, in denen da vollkommene Trennung war, und Tage, in denen beides zusammenging. Das Alte und das Neue. Vielleicht sollte ich Tage durch Stunden ersetzen. Kenne das ja von mir. In der Milde sowie in den krassesten Auswüchsen.

Ich schreibe die Worte "krasseste Auswüchse" und es haut mir etwas ins Herz. Aufs Herz. Von innen gegen die Herzaußenwand. Da habe ich etwas verraten. Das geht nicht. Das geht gar nicht. Jetzt steht es aber schon da. Was macht das da? Was will es mit mir machen?

Nein. Ich verrate nichts. Ich kann nicht. Nicht, weil es die Wahrheit wäre. Sondern weil es Wichtigeres als Wahrheit gibt. Die Beatles, die Stones, die Decca-Platten, das Summen des roten Dual-Plattenspielers. Lautsprecher im Deckel. Kneipe. Bier. Das Hüpfenlassen eines Minigolfballs in der Armbeuge. Schwarz-Weiß-Fotos aus Gräsern heraus gegen die Abendsonne. Bunt-Fotos aus Gräsern heraus gegen die Abendsonne. Das Hüpfenlassen eines Minigolfballs in der Armbeuge. Das einen Hauch zu lange Betrachten der Kacheln beim Schiffen. Gut angetrunken. Bei Tageslicht. Der Blick vorne heraus, auf die Straße. Wo links Leute auf den Bus warten. Rechter Hand zum Bahnhof... kleiner Bahnhof... da war ich noch nie drüben.

All die Toten. All die Geschichten. Das Münztelefon an der Wand. Längst verreckt. Was für eine Idee, hier so ein Ding reinzuhängen. Der zweite Nebenraum. Nie in Benutzung.

6.
Bevor es Frauen gab, gab es Flipper. Flipper und der Traum von Frauen. Phantasie von Wüste. Ich ganz alleine. Und dann käme sie. Die Frau. Würde sie vorübergehen? Ich weiß es bis heute nicht.

7.
Vor ein paar Jahren machte ich eine Führung mit. Berlin. Thema Studentenbewegung. Dabei wurde gesagt, dass es eigentlich nur eine Hand voll Leute

waren. Nur eine Hand voll Leute, die das alles zum Laufen brachten. Da brach etwas weg.

Viele solche Sachen brachen weg. Immer mehr. Ich wurde kritischer und kritischer, kälter und kälter. Eis-Stahl in der Brust. Schwarz im Solar. Bauchspeicheldrüse todverheißend.

Der Sieg der Wahrheit.

8.
Jahre um Jahre. Trinken, um zu trinken. Um zu heulen. Um zu schreien. Um diese Welt abzufackeln. Eine Welt, in der es das alles nicht gab. All das, wovon ich geträumt habe, war Täuschung. Täuschung. Geldmacherei. Berechnung. Meine Dummheit. Mann, bin ich blöd gewesen. Jetzt war ich klug. Jetzt durchschaute ich. Immer mehr. Und jedes Durchschauen ein Messer ins Herz und jede neue Wahrheit ein Engerspannen des Eisengürtels meiner Brust. Und wenn ich dabei verrecke, die nächste Wahrheit muss auch noch sein.

Nachts vor Magenschmerzen gekrümmt. Wahrheit. Tod. Hass.

Hass. Ja, Hass. Hass auf alle und jeden. Vor allem auf die, die es nicht sahen. Die, die sich noch irgendwie freuen konnten. Ein dummes Freuen. Sahen sie denn nicht, was ich sah? Nullen! Alles Nullen! Wo sind denn die echten Leute? Leute, die klar sehen?

Lief mit Bernd durch die Norma. Bananenflanke! Tritt an die Kiste. Voll durchgezogen. Er hatte verstanden. Bei ihm musste man sich bücken, wenn man ins Zimmer kam. Knochen von der Decke. Dran ein Himmler-Foto. An der Wand Platten-Cover. Monarchie und Alltag. Sockenbild Boys don´t cry. Ihm passte das Bild. Dazugehörige Musik war nicht seins. I walk the line von Alien Sex Fiend lief da. Die Hymne dieser Wohnung. Nicht Hymne! Der Urklang dieser Wohnung. Das Beißen der Luft, die nie mehr brennen wird. Hass. Blanker Hass. „Bist du denn der Showmaster?", hatte er mich gefragt, als ich das erste Mal in seinen heiligen Hallen war.

Bernd stampfte. Stampfte im Sitzen auf und haute sich mit beiden Fäusten auf die Beine. Hass direkt aus der Hölle. Eine Welt von Downers, Amphetaminil, Codies und Eimersaufen. Eine Welt von Arschlöchern, die zu dritt oder viert in Bernds Wohnung kamen und diesen knochigen, bösen, hasserfüllten Bernd durchlaufen ließen. Den Großteil seiner Platten klauten. Zwei von ihnen sind schon tot. Mögen ihre Seelen in der Hölle brennen! Bernd ist auch tot. Eins von diesen Arschlöchern läuft heute noch rum. Der kleinste. Der Mitläufer. Der Pickel am Arsch eines Bullen.

9.
Ich war nie mutig. Hier tappen Leute rum, die haben nur noch einen Hinterhuf und die klammern sich an ihre Gegner und machen sie platt. Starke Gegner. Kämpfer. Solche, die mit dem Kopf zuerst losgehen. Hier gibt es Leute, die ihre Frauen nur noch an den

Knöcheln festhielten, während sie aus dem Fenster hingen.

Ja, hier drinnen sitzen wirklich so viele Jahre Knast, wie die Leute sagen, die hier nicht reingehen. Und irgendwie ist es trotzdem wie damals beim Bolzen ohne Schiri. Kaum Fouls.

Durchgeknallte, die einem auswärtigen Luden eine Knarre an den Kopf hielten. Dann nicht mehr. Auch nicht mehr so viele Vorderzähne. The show must go on und jedem hat's gefallen.

Was die wohl so denken? Die, die so einfach reinkommen. Sich hinsetzen. Ihre Sprüche klopfen. Denken die, hier wäre jeder das erste Mal drinnen? Denken die, dass es hier Worte braucht, um sich zu verständigen? Ja, was denken die? Die, die hier Glück haben müssen, um nicht in zwei Stunden mit offener Fresse dazustehen. Die, die dann trotzdem noch ihren Deckel bezahlen müssen. Die, die dann trotzdem noch diese kilometerweiten paar Schritte gehen müssen, um ihre Jacke von der Wand zu holen. Die müssen doch irgendwas denken.

10.
Laptop. Küche. Internet. Leute rufen an. Frauen rufen an. Lesereisen. Interviews. Schön, dass Frauen anrufen. Früher dachte ich mal, wenn ich die oder jene verlasse, würde ich in Einsamkeit sterben. Heute kommen die Frauen von alleine. Es herrscht Fülle. Fülle entspannt. Es entspannt auch der Umstand, neun

Bücher draußen zu haben. Neun Bücher, die es vorher nicht gab. Auf der ganzen Welt nicht gab. Jetzt gibt es sie. Ein Wunder.

Liebe Frauen. Liebe ihre Nähe. Spiele. Frühstücke mit ihnen. Danach wieder in die Kiste. Und ein Himmel darüber, der sich nur freuen kann. Feiern kann. Die beiden, die da im Halbdunkel ihre eigene Fassungslosigkeit bestaunen. Die, die da manchmal den Kopf bei der Betrachtung des anderen senken müssen. Weil alles so schön zu viel ist. Weil die Rührung, die Schönheit des anderen droht, die eigenen Gesichtszüge entgleisen zu lassen. Weil es dann doch das geben darf. Weil meine Tränen dann doch nicht für die Traurigkeit gemacht sind.

Weil es dann doch richtig war, dem versteckten Zauber Bowies Hunky Dory zu trauen. So viele Jahre. Und dann ist dann auf einmal alles richtig gewesen. All diese Neins! Ja, sogar die totale Ablehnung von Allen und Allem war richtig. Jeden einzelnen Grashalm zu hassen, war richtig. Richtig darum, weil dann das erscheinen konnte, was richtig ist. Was das meine ist. Stück für Stück. Langsam. Es kann in einer zu hundert Prozent abzulehnenden Welt eine Gedichtzeile geben, die nicht abzulehnen ist. Ein Blick aus dem Küchenfenster eines Freundes. Die Erinnerung an Kälte auf einem Dezembergesicht im Dunklen.

Mit einer viel zu kleinen Hacke hat man sich jede einzelne Hand voll Erde unter die Füße zu scharren. Jede einzelne Platte. Jedes einzelne Lächeln. Jedes Gedicht. Jeder vergangene Morgen, der gepasst hat. Zur Hunky Dory gepasst hat. Jetzt passt.

Auch Frauenbrüste können nach der Hunky Dory schmecken, nach ihr aussehen. Und die Hunky Dory schmeckt nach Frauenbrüsten, nach Freundlichkeit und eben nicht nach erstickender Freundschaft. Nach Weite und eben nicht nach dem ewigen Festkrallen. Nach den raueren Winden, den wärmeren Küchen. Den Bahnhöfen und den schnellen Zigaretten.

11.
Pizzeria. Bayerischer Platz. Schöneberg. Blick auf den Fußgängerüberweg der Grunewaldstraße. Keine Szene, aber Freundlichkeit. Frauen mit Tüten und Taschen. Frauen mit Kindern. August-Nachmittag, der nach November riecht. Sonntag. Morgen wieder heim nach Coburg. Werde ich wohl jemals heim nach Berlin fahren? Diese Frauen mit den Kindern, diese Einkaufstüten. Augenkontakt bei der Bestellung des dritten Kaffees vermeiden. Es muss nicht jeder alles sehen. Es reicht schon, dass ich so viel schreibe.

Es kann noch nicht, aber es dämmert schon. Die Beleuchtung der Apotheke. Die Frauen mit den Kindern, mit den Taschen. Ich verbrenne.

12.
September Hamburg. Nach der Lesung in der Susannenstraße noch zwei Tage drangehängt. Sankt Pauli. Blick zu den Kränen. Riecht nach Industrie. Riecht nach Deutschland. Hier könnte ich leben. Könnte ich schreiben. Texte passen besser zu den Industrie-

Kränen vor, als zu den Palmen hinter mir. Wodka Lemon. Dose. Graswolken, die heute nicht interessieren. Diese Kräne.

Auch in dieser Stadt liegt neben so manchem Bett ein Buch von mir. Bei diesen Verkaufszahlen kann das gar nicht anders sein. Das ist ein Gefühl. Ich glaube, ich kenne gar kein Gefühl, das schöner ist. Einen Platz in der Welt. Da der Kran, da der Aigner. Ende der Geschichte.

Und da ist eine Lust, weiterzugehen. Alles ist möglich. Alles ist wirklich. Wie einst die Stones wirklich waren. Front of Stage. Zweite Reihe. Die gibt es wirklich. Das sind Menschen. Alles ist möglich. Unfassbar.

13.
Nochmal Hamburg. Nochmal Sankt Pauli. Nochmal diese eine, unfassbar warme Septembernacht. Auch Herbertstraße. Heute nur gucken. Blondinen über Blondinen. Fehlt mir hier der Muff des Kleinstadtrotlichts? Hier ist alles offen, fast freakig, ein irres Fest diese Nacht. Nein, hier fehlt mir nichts. Gar nichts. Sankt Pauli ist für Patrick gemacht. Von wie Vielen bin ich im Lauf der Jahre blöd angeschmarrt worden, weil ich nicht genießen kann, nicht dankbar werde bei der Betrachtung eines Gänseblümchens oder ähnlichen Unsinns. Hier und heute bin ich dankbar.

14.
Direkt vor dem Fenster im Nebenzimmer, plötzlich ein Haus. Kommt alles nicht mehr so. Hier ist hier und ist nicht. Eine Welt weit weg von Häusern und Straßen. Und mir doch meist näher den Kränen der Hansestadt als diesen grauenvollen Wortfetzen, die aus den Wänden herauskriechen, mich, den einzigen Gast umgarnen, verlocken:

Jobcenter, Rente, Frührente, Scheiß-Maßnahme, 10 Prozent Sperre, 30 Prozent Sperre – trotzdem nächste Maßnahme, 50 Prozent Behinderung, Herzinfarkt, Scheiß Jobcenter, ich bring ihn um, ich bring ihn einfach um. Diese Dreckfotze, ich bring sie um. Ich werde ihr ihre Sperre in den Arsch schieben, bis sie dran krepiert! Diese Dreckfotze! Diese Dreckfotze! Diese Dreckfotze!

15.
Verlocken und umgarnen. Mich in eine Welt ziehen wollend, in eine Welt der Wahrheit, in eine Welt der harten Realitäten. Und immer „ist es doch so". Und immer „ist es doch wirklich so."

Aus der Ecke der versteckten Privat-Schnapsflasche eines ehemaligen Reisebus- und späteren Staplerfahrers schlagen mir all die Worte derer entgegen, die recht haben. Immer schon recht gehabt haben:

Halte dein Geld zusammen! Wer es mit vierzig nicht geschafft hat, schafft es nie! Der packt es nicht! Der wird es wohl niemals packen! Der kriegt es nicht mehr gebacken! Du solltest es nochmal überschlafen! Wir sind hier nicht im Streichelzoo! Wir mussten auch arbeiten! Mir wurde auch nichts geschenkt! Such dir eine Arbeit! Wollen wir doch mal auf dem Boden bleiben! Wie kann man nur so blauäugig sein? Solche, wie dich, kenne ich. Habe ich früher schon gekannt. Und sieh sie dir heute an.

Ja, sie haben recht. Haben mit allem recht. Aber heute weiß ich, dass es besser ist, nicht zu leben, als in ihrer Welt zu leben und ich weiß auch, dass weder diese Rechthaber und Durchblicker noch auch nur eine ihrer Wahrheiten meine neun Bücher hervorgebracht haben.

Ihnen, die schon immer alles wussten, überlasse ich die Wahrheit und die Wirklichkeit. Ich überlasse ihnen das Privileg recht zu haben und ebenso das Privileg im Recht zu sein. Dieser Teil des Himmels sei auf ewig ihr verbürgter Anteil.

Mein Anteil ist, dass ich die Straße, auf der der Engel gewandert kommt, von genau derselben Straße unterscheiden kann, auf der er nicht gewandert kommt – nicht gewandert kommen kann.

Das ist mein Anteil. Und ich glaube, ich habe die bessere Wahl getroffen.

16.
Ein Blick in den Gastraum hier zeigt mit an Sicherheit grenzender Wahrscheinlichkeit an, in welcher Monatshälfte wir uns befinden. Außer an Samstagen. An Samstagen kosten Nullfünf nur einsfünfzig. Ja, hier in Coburg hat alles seine Zeit.

Ob wohl mein Schreiben auch nur „seine Zeit" hat? Werden sie mich doch noch in den Schuldenturm sperren? Werde ich irgendwann einmal nicht mehr schreiben können? Werde ich wirklich den finalen Sprung wagen, wenn der Film hier zu blöd wird?

Und zu blöd kann es schnell werden. Egal, ob du hier Handwerker oder Autor bist. Sobald du etwas machst, stehst du mit einem Bein im Knast. Hier ist Deutschland. Hier ist jeder schuldig. Hier freut sich jeder seines Glückes, nicht erwischt zu werden – und hält tunlichst die Fresse. Was für ein Spiel! Was für eine Zeit! Was für ein Land!

Und da muss noch nicht einmal nachgeholfen werden. Da müssen noch nicht einmal ein paar Kilo irgendwas in deinem Kofferraum auftauchen. Da muss noch nicht einmal deine zu neunundneunzigprozentig sichere DNA an irgendeinem Tatort ge- beziehungsweise erfunden werden.

In diesem Land, zu dieser Zeit, kannst du immer, ohne dass auch nur die geringste schräge Nummer der Machtbesitzenden am Laufen ist, platt gemacht werden. Auf Grundlage der Gesetze. Du hast keine Chance. Keine!

Und du musst trotzdem weiterschreiben! Es gibt keine lebbare Alternative! Leben unter Ausschöpfung aller Möglichkeiten! Alle Freiheiten nutzen! Über alle Gesetze und Ängste drüberweg leben! Immer die Hand am Stecker! Immer einen Meter weiter! Manchmal einen Zentimeter!

Und trotzdem Mensch bleiben! Und trotzdem täglich immer wieder neu Mensch werden. Täglich mehr Mensch werden!

Um schließlich und endlich, nach alledem, die Kraft aufsteigen zu lassen, um zu sehen, was das Wichtigste ist, was das Einzige ist, was zählt:

Das Hüpfenlassen eines Minigolfballs in der Armbeuge.

--- ENDE ---

Dank

Fürs Korrigieren bedanke ich mich bei Monika, Silke und Jo.

Einen Sonderdank an Nabhya Carmen Stern und Jo für die lebenserhaltenden Maßnahmen.

Für das Cover und vieles mehr bedanke ich mich bei Maren Roloff.

Für das Foto auf Seite 6 bedanke ich mich bei Barbara.